KB115695

하루

하루

발행일 2021년 9월 6일

지은이 정현
펴낸이 손형국
펴낸곳 (주)북랩
편집인 선일영 편집 정두철, 배진용, 김현아, 박준, 장하영
디자인 이현수, 한수희, 김윤주, 허지혜 제작 박기성, 황동현, 구성우, 권태련
마케팅 김회란, 박진관
출판등록 2004. 12. 1(제2012-000051호)
주소 서울특별시 금천구 가산디지털 1로 168, 우림라이온스밸리 B동 B113~114호, C동 B101호
홈페이지 www.book.co.kr
전화번호 (02)2026-5777 팩스 (02)2026-5747

ISBN 979-11-6539-961-0 03810 (종이책) 979-11-6539-962-7 05810 (전자책)

정현 시집

하루

북랩book Lab

차례

씨앗 · 10

도전 · 12

나비 · 14

마중 · 16

인형 · 17

하품 · 18

교실 · 20

빈 교실 · 23

자랑 · 24

벚꽃 · 27

출발 · 28

포기 · 30

소원 · 32

부탁 · 34

소나기 · 36
안개 · 38
잔가지 · 41
우산을 깜박할 것 같아요 · 42
태양 · 44
연꽃 · 47
자인 · 48
바람 · 50
운명 · 52
일기 · 54
불꽃 · 56
편지 · 58
신호등 · 60
우물 · 62

걸음 · 64
단풍 · 66
벙어리 · 68
기다림 · 70
달 · 71
서리 · 72
약속 · 74
정오 · 76
유서 · 78
어리광 · 80
행운 · 82
눈꽃 · 84
용서 · 86
조각 · 88

별종 · 90
반복 · 91
도서관 · 92
철야 · 94
단골 · 96
상상 · 98
하루 · 100
여운 · 101

하루

씨앗

초록의 한 점이 세상에 그려졌다.

누군가 붉은 점을 찍어
따스함을 주었고
누군간 푸른 점을 찍어
포근함을 주었다

천천히 그것들을 바라보며
매순간 그것들을 만져보며
조금이나마 그 색에 물들었다.

그러니 초록의 한 점은
언젠가 바스라져 사라지기 위해
나타난 것이 아니라
끝없는 양분을 먹고 자라기 위해
태어난 것이다

도전

우리는 하루를 도전한다

오늘의 시작이 내일의 시작과
이어지길 바라는 고귀한 도전

숨이 다할 때까지
실패할 일 없는
끝이 없는 시작의 반복

하물며 숨이 다한다 해도

하늘 높이 쌓아 올린 성공의 탑

그 위에 얹어질 하나의 실패일 뿐

우리는 그런 하루를 도전 중이다

나비

하늘을 곱씹던 애벌레
풀잎을 꼭꼭 씹으며
날개를 만들고 싶었겠지

바라던 나비가 돼서
꿀맛을 보겠다 다짐하고
이빨을 모조리 버렸겠지

그런 나비도 잎의 맛이
그리워지는 날이 온다면

땅을 기던 발자국과
힘을 다한 날개가 만나

수없이 많은 꽃의
생명을 낳은 탓이겠지

마중

조금 더 일찍 보고 싶어
이슬을 마중 나갔다

조금 더 오래 보고 싶어
햇살을 마중 나갔다

조금 이른 만남에
아침은 놀라겠지만

긴 시간이 아니라
조금 더 함께하고 싶어
마중을 나갔다

인형

한 줌씩 채워 나간 솜이
인형을 일으켜 세웠다

하얘서 다정한 마음이
한 가득 담겨 있어

푹신푹신한 인형의
따듯한 품이 생겼다

우리에게 있는 마음이
인형에게도 있나 보다

하품

추위의 마지막 발악이
어제를 막 지나갈 무렵

그 새를 참지 못한
청개구리의 울음이

자고 있던 연못을
닦달하며 깨우자

쫓겨나 갈 곳을 잃은 졸음은
연못을 아장아장 나와선

내게 들어오려 새근새근
하품을 기다리고 있었다

교실

회색빛 자리에 앉아
골똘히 생각했습니다

무엇이 문제인지
생각을 해봐도 답이
없다고 생각이 들 때

선생님께선 말씀하셨죠
그럼 답이 없다고 적으렴

참 답 없는 선생님이었습니다

빈 교실

회색빛 머리를 하곤
자리에 앉았습니다

금이 간 칠판에서
떠오르는 추억들은

그토록 좇던 정답보단
오답이 더 많았단 걸
지금에서야 알았습니다

참 명쾌한 선생님이셨습니다

자랑

태어난 모든 것들이
자랑 속에 있었다

새초롬히 뜬 별은
밤하늘의 자랑이고

넘실대는 파도는
바다의 자랑이었다

꼿꼿이 선 꽃이
흙의 자랑인 것처럼
내세울 것 없는 나 또한

누군가의 자랑이고 싶다

벚꽃

벚꽃이 피고 하루의 시작
허락받지 않았던 그런 개화

떨어지는 꽃잎 털어내며
봄의 탄생을 지나치고

널브러진 꽃잎 넘나들며
매정히 고개 돌려도

나만큼은 여기 서서
벚꽃이 지는 하루를
끝없이 지켜보겠노라

출발

어디로 가는지도 모를
번호판조차 사라진 버스

종착지가 쓰여있는 영화표
그것이 없어서 타지 못했다

정류장이 나의 쉼터라고
생각하지 못했던 걸까

버스 기사는 몇 번이고
내 앞에 멈춰서 문을 열었다

조금은 차가운 필름에 기대어
턱을 괴는 건 처음이지만

이번이 막차다

포기

헤어질 수 없는
아쉬움을 만났다

그날을 떠올리면
별을 꺼버린 밤처럼
깜깜해졌다

훗날 다시 한번
태어나지 못한다면

그래서 아쉬움과

작별할 기회가 없다면

난 정말 상할 것 같다

소원

우리에게 오려고
우주부터 줄지은
별들이 다소곳이
차례를 기다렸다

오랜 시간을 기다린 것이
얼마나 억울했던 걸까

아주 빠른 속도로 떨어지고 있었다
그렇게 바랐음에도 차례를
꼭 지켰던 별들이기에

나의 간절함을
들어줄 것만 같았다

부탁

햇빛을 피하려
초록 잎사귀에
숨었습니다

들키지 않으려
양 볼은 한숨을
가득 머금었지만

더 이상 참지 못하고
숨을 내쉬다 그만,

구름에게 들켜 소나기가 내립니다

하는 수 없이 잎사귀에 두 손을

모으고 인사하며 좀 더 힘내 달라고

부탁합니다

소나기

여백 하나 없이 뒤덮인
먹구름은 나만의 심정일까

목마른 호수의 간절함 그리며
담담히 웃던 당신의 온정일까

어디로 떨어질지 모르는
빗방울은 나만의 슬픔일까

우산이 아닌 손바닥 펼쳐
온전히 받아냈던 당신의 아픔일까

행복했단 말로 우리를 적시기엔
오늘의 날씨는 너무나 흐렸다

안개

당신은 인기척 없이 다가와
은은히 퍼졌고 당신을
걷게 만들곤 했죠

제 모든 결함을
당신은 안아
가려주었습니다

그 속의 피어난 꽃을
찾았을 땐 얼마나 기뻤는지

당신의 품에서
지금 전합니다

잔가지

열심히 가꾼 나무 한 그루
볼 때마다 웃음이 납니다

그런데 어느 날 불쑥 튀어나온 잔가지
나는 그게 너무 거슬려서
볼 때마다 심술이 납니다

저걸 잘라내야 할지 한참
망설이다 내 나무 아플까
심술부터 잘라냅니다 싹둑.

우산을 깜박할 것 같아요

날씨가 우중충한 게
곧 비가 올 거 같아요

그쪽이 들고 있는 건
우산인가요?

아 저는 급하게 나오느라
우산도 못 챙겼네요

같이 쓰기엔 좁지 않나요?
분명 불편할 거예요

우산 속은 날씨가

다른 것 같아요

신기하죠

내일도 비가 온다더군요

내일도 왠지

태양

누구보다 외롭고 고독하게 살아라

닿을 수 없는 하늘을 욕심냈던

당신에게 가장 어울리는 별이다

수많은 별들의 마음을 헤아리기엔

너무도 뜨거웠다

연꽃

여름이 연꽃에게 가고 있다

청초히 앉아 있던 연꽃은
너울거리는 꽃잎으로
여름의 볼을 어루만졌다

그 탓에 부끄러워진 여름이
수줍어하는 걸 알고 있을까

그 탓에 믿을 수 없이 뜨거운
계절이 오려 하는 걸 알고 있을까

자인

나의 눈과 손으로
볼 수 없는 것과

잡을 수 없는 건
생각보다 많았지만

밤이 온다면
별을 볼 수 있듯이

그대가 온다면
손잡을 수 있었다

with
love

바람

봄처럼 오는 사랑은
계절처럼 가는 것이
정해져 있으니

되도록이면 내게 올 땐
선선한 바람이 되어
슬그머니 와달라

나는 당신의
납땜한 바람개비

오직 당신의 바람에만 응하리다

운명

그대와 내가 믿고 있던
가느다란 실오라기 한 줄

혹시나 끊어지진 않을까
조마조마해 잠들 수 없었답니다

힘없이 잘려나간
가느다란 실오라기 두 줄

그런 실오라기
아직도 놓지 못해

운명이란 단어에
기댈 수밖에 없답니다

일기

밤하늘은 나의 일기장
사랑 추억 기쁨 행복
모두 푸른 별에 담아
흑지 가득 새겨 넣었네

밤하늘은 나의 일기장
미움 후회 아픔 불행
모두 붉은 별에 담아
흑지 가득 새겨 넣었네

밤하늘은 나의 안식처

오늘 지금 이제 비로소

별의 아이가 머물 곳은

별지 속에 가득해졌네

불꽃

축제가 열리자 불꽃의 씨앗이
심심한 하루에 심어졌다

불꽃놀이가 보여 준 풍경,
그 속엔 너의 웃음도 들어 있다

아무래도 불꽃의 씨앗이
나에게도 심어진 모양이다

하늘에 핀 불꽃은 이내 져 버렸지만
잠깐의 소중함은 오래도록 남아서
하늘 높이 자라고 있었다

편지

아끼는 종이 한 장
애지중지해야 했는데

정성이 부족했는지
먼지가 묻기도 하고

물에 젖은 흔적,
어딘가는 찢기기까지

이젠 추억을 적어
비행기로 날려야 하나 봅니다

하루

신호등

횡단보도를 앞에 둔
신호등 옆에 기대
차 한 대 서 있지 않은
도로를 마주했다

지키지 않은 약속이 떠올라
이번 신호도 어기지 못하고
등불에 기대고 있다

신호등이 초록불로 손짓하며

지나가도 괜찮다 말해도

아마 건너지 못하는

나는 빨간불이다

우물

어쩌면 당신은
우물이 아닐까 생각해요

아직 그토록 깊이
내린 적 없어서
내려지는 두레박이
언제 닿을지도 모르고

아직 한번도 가득히
떠올린 적 없어서
길어내는 속마음이
얼마나 찼는지도 모르지만

당신이 마르지 않는다면

저 또한 그렇기에

괜찮다고 생각해요

걸음

나는 홀로 걷지 않았다

다급한 나의 발걸음엔
흙길도 함께 다급해져

조심스런 나의 발걸음엔
물길도 함께 은밀해져

조용히 함께 걸었다

추적추적 내리는 비와
평평 쏟아지는 눈 또한
다정하게 알려주어

그래서 걸을 수 있었다

단풍

남몰래 불타다
재로 남기 전에

붉게 물든 제 마음을
단풍에게 주었습니다

겨울이 슬피 울어도
낙엽으로 남지 말고

꼭 그대에게,
붉은 단풍 전해주렴.

하루

벙어리

살다 보니 벙어리가 되었다
하고 싶은 말은 살갗에 적었지만

고통을 견디지 못한 악필이
부끄러워 살갗을 가렸다

그렇다 해서
너에게 적는다면

가장 이쁜 글씨로 쓴
가장 아픈 문신으로 남을 거라

그냥 벙어리가 되었다

하루

기다림

밑동이 잘린 나무에 앉아
기다림을 시작했다

익숙하지 않은 인내는
정지를 의미했고

차오르고 있는 보름달이
눈 한번 감아주지 않아

잠에 빠진 사람처럼
흐리멍덩한 잠꼬대로
하루를 허우적거렸다

달

태양을 바라보는 사람은 없다

눈부시지 않기에 빛났던 당신은

세상이 바라보는 달이 되어

별과 함께 빛날 자격이 있다

서리

오늘의 날씨가
서리를 입었다

새 옷이 이뻐 보여
너도 나도 따라 입은 서리, 햇볕이 비추자
서리 옷은 스스로 떠났고

속 깊은 마음이 사라진 것을
아쉬워하던 계절은 꽃을 피우며

작별의 인사를 건넸다

하루

약속

토라진 설산을 올랐습니다

굶주린 눈보라는 나를
집어삼킬 듯 덮쳐왔고

점점 무거워지는 발은 나를
탓하며 짜증을 냈습니다

하얗고 순수한 눈길에
검은 발자국 남겨
죗값을 치르나 봅니다

그럼에도 멈출 수 없어
묵묵히 걸어 나갑니다

눈길은 저를 용서하고

발자국을 지워주겠지요

그렇게 우린 약속을

지키고 있는 겁니다

정오

꺾여진 꽃들이
여린 손을 모아서
숲에 수의를 입힐 동안

이리저리 숲을 뛰어놀다
지친 향기들과 함께
꽃의 장례식을 지켜봤다

만약 숲에 묻힌 내게
누군가 찾아온다면
이처럼 마중 나와 달라
향기에게 귀띔했다

철없이 웃던 향기가

못 들은 체하며

다시 숲을 헤집었다

유서

살랑대는 계절의 꽃을
다시는 못 본다 해도
아쉬운 것 없지만

갸웃하는 너의 물음엔
어떻게든 답하고 싶어
적기 시작한 유서

못다 한 말을 담아 나간 편지엔
하고픈 말이 이렇게나 많았었나

아쉬움 남기고 떠날 수 없어
여백을 남겨야겠다

어리광

오늘 밤을 제쳐두고
흰눈이 말하네요

내가 왔다고
이렇게도 많이 내리며
계속해서 말하네요

내가 왔는데
도대체 어딜 보냐며
밤의 색을 지워가네요

내가 봤다고
나는 이 자리에서
너를 계속 봤다고

달래고 얼러도
멈추지 않고 내리네요

행운

간절하지 않은
사람은 없어요

당신이 정말로
간절하다고 해도

이루어지지 않은
단 하나의 이유죠

눈꽃

하얀 눈들이
앉을 곳을 찾다가
이내 제 어깨서
숨쉬고 있습니다

시린 추위 속에
하얀 온기 내뿜으며
눈송이와 웃고 떠들
당신을 생각하니

앉은 눈들이 그저 반갑습니다

하늘에 눈들이 이어져
제 마음, 당신에게도 전해진다면

저 또한 눈송이로
꽃 한 송이 만들어
당신에게 바칩니다

용서

혼신을 다해서 살고 있냐 묻는다면
자신있게 그렇다 말할 순 없지만
말동무 되어줄 이가 있었다면
이렇게 억울하진 않았을텐데

조심히 걷지 못한 내 잘못이
금세 내 발목에 엉킨 넝쿨로 자라

길 없는 숲속으로 나를 내모네
엇나간 발자국을 따라 찾아와줄 이 있다면
네가 온전히 자비로운 마음으로 그래준다면
요요히 너에게 가 용서를 받고 싶네

하루

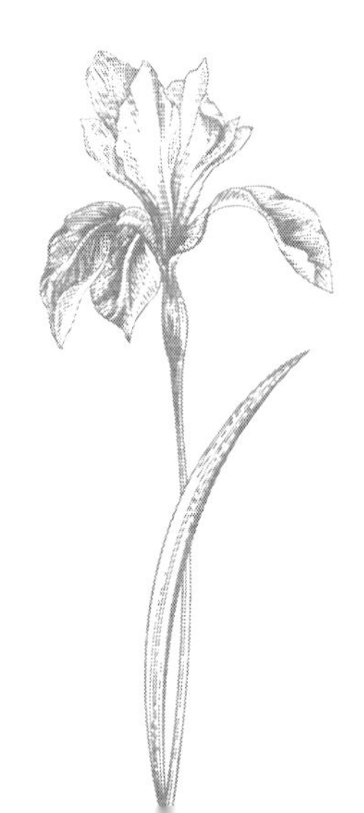

조각

여기저기 뿌려 둔 조각들은
지금쯤 어떤 빛을 내고 있을까

개울가에 두고 온
별가루가 특별히 더 보고 싶어
나는 떠났다

그렇게 별의 호수를 보고 있자니
다른 조각들도 보고 싶어
다시 나는 떠났다

하루

별종

혹시라도 별들이
스스로를 의심했다면

빛나는 별은 없었을 것이다

그들의 별빛이
특별하다 해도
스스로를 의심했다면

은하수는 없었을 것이다

반복

나의 오늘이 반복됐다

오지 않을 내일에 구걸하지 않았고
갈 수 없는 어제에 변명하지 않았다

수많은 오늘 가운데서 너를 만났고
고동치는 심장에 귀를 기울였다

나의 하루 속에서
너의 하루가 반복됐다

도서관

언제부턴가 도서관에 와도
동화책을 집을 수 없었습니다

두껍고 어려운 책을 읽어야
나잇값을 하는 것도 아닌데

빛이 바랜 책들을 지나치다
문득 먼지 쌓인 책과 만났습니다

그 앞에서 망설이던 나는
헛기침에 놀라 도망쳤지만

도서관엔, 언제나
동화책이 기다리고 있습니다

철야

뻔뻔하게 밤을
훔쳐 달아난 낮은
철야가 되었다

짧은 터널 속을 지나듯
잠깐의 깜박임도
멈추지 않아야 했기에

짧은 밤도 아쉬워하며
당신을 생각하던
철야가 그리워진다

나도 눈 딱 감고 뻔뻔해져
많은 것을 훔쳤다면

느슨하게 잡아 놓쳤던 밤을
다시 찾을 수 있지 않았을까

단골

어느새 도착한 문 앞
분명 갈림길도 많았을텐데

외길인 척하고 있는
거리에 이끌려
알면서도 속고 말았다

익숙한 의자에 앉았다
분명 귀갓길도 있었을텐데

외로운 척하고 있는
조명에 이끌려
못이긴 척 앉고 말았다

항상 투덜대던 일상을
아무 말 없이 반겨주는 마음에
단골이 되고 말았다

상상

아주 당연하게도
자전거는 앞을 못 본다

그야 당연하게도
자전거의 눈이 어딨으랴

험난한 산길인지
매끈한 도로일지

오직 고무 끼운 바퀴로
느끼고 상상한다

그렇게 온 세상을 돌았던
나의 낡디 낡은 자전거는

바퀴를 굴리지 않고도
온 세상을 상상할 수 있게 되었다

하루

하루는 벌써 저물어 가는데
어째서 나는 아물지 못하나

푸념 없이 스며드는 자극아
투정 없이 보내지는 마음아

무심한 나를 타박하여라

햇님에게 하고픈 말,
달님에게 이야기하는

가엾은 나를 용서하여라

여운

얼룩이 진다 한들, 씻어낼 수 없어 아름답기만 하다